AF329320

CONDITIONS DE LA VENTE

Il sera ajouté au prix des enchères 5 0/0 applicables aux frais de vente.

Chaque jour de vente il y aura, de 1 heure à 2 heures, exposition de tous les objets qui seront vendus ; les amateurs pouvant se rendre compte de l'état des collections des objets et des livres, il ne sera repris aucun lot une fois l'adjudication prononcée.

Les personnes qui ne pourront assister à la vente peuvent adresser eurs ordres d'achat à l'expert chargé de la vente, qui se chargera d'exécuter leurs ordres. — (Commission de 5 0/0 sur le prix d'adjudication.)

En adressant leurs ordres, les acheteurs voudront bien indiquer le prix maximum qu'ils comptent mettre à chaque lot, non compris les frais ; dans le cas où le lot n'atteindrait pas le prix fixé par eux, il leur sera compté juste le prix d'adjudication, plus les frais.

Les amateurs qui seraient embarrassés pour fixer un prix maximum aux lots qu'ils désirent obtenir, n'auront qu'à faire parvenir leur desiderata à l'expert qui se fera un devoir de prendre leurs intérêts, et n'achètera pour leur compte qu'autant que les enchères resteront dans les limites de prix avantageux.

EMILE DEYROLLE,
Arbitre-expert près le tribunal de commerce de la Seine.

CATALOGUE DE COLLECTIONS

ET DE LIVRES

D'HISTOIRE NATURELLE

DONT LA

VENTE AUX ENCHÈRES PUBLIQUES

AURA LIEU

LES 28 ET 29 FÉVRIER 1888

A 2 heures de l'après-midi

EN L'HOTEL DES COMMISSAIRES-PRISEURS

Rue Drouot, Salle n° 5

PAR LE MINISTÈRE DE

Mᶜ BOULLAND, Commissaire-priseur

26, rue des Petits-Champs,

ASSISTÉ DE

M. Emile DEYROLLE, arbitre-expert

Près le Tribunal de Commerce,
23, rue de la Monnaie, 23

Chez lesquels se distribue le présent Catalogue.

———

Prière de communiquer ce Catalogue à toutes les personnes
qu'il peut intéresser

———

PARIS

ÉMILE DEYROLLE, NATURALISTE

23, rue de la Monnaie

Au premier Avril prochain, les Bureaux et Magasins seront transférés

46, Rue du Bac, 46

COLLECTIONS

d'Oiseaux, Insectes, Reptiles, Bois, Racines, Fruits, Graines

et Produits provenant de la République de San-Salvador

(Amérique Centrale.)

Collections d'oiseaux

Comprenant environ 125 types d'une parfaite conservation ; la plupart sont montés et perchés sur pied ; chacun d'eux est accompagné d'une étiquette portant le nom de genre, d'espèce, ainsi que le lieu où il a été pris.

Cette collection sera vendue en bloc ou par lots, au gré des amateurs.

Collection de bois, racines, écorces, graines et produits divers du sol.

La collection de bois comprend environ 30 types représentant en général une section longitudinale et une section transversale ; la plupart de ces bois sont accompagnés de leur écorce.

La collection racines, écorces et graines, se compose d'environ 150 types ; elle est complétée par une série fort intéressante des produits qui en sont tirés et qui représentent les objets usuels du pays.

Les graines ainsi que bon nombre d'autres échantillons ont été conservés dans des bocaux.

Les écorces sont, chaque fois que la chose a été possible, accompagnées d'une section de bois.

Viennent ensuite s'ajouter aux produits du sol, les minéraux, argiles, laves, ponces, etc., et minerais d'argent.

Collection de cryptogames et lichens.

Cette collection comprend un grand nombre d'espèces fort intéressantes et remarquables par leur forme, leur développement et leur taille ; quelques-uns sont nommés ; tous sont d'une bonne conservation.

Collection d'insectes et reptiles.

Tous ces types ont été conservés dans l'alcool et sont encore en parfait état ; ils comprennent un grand nombre de sujets.

Collection d'armes, instruments, etc.

Une série d'armes et d'objets divers parmi lesquels nous citerons : corbeilles, écharpes, massue, arc, flèches, nattes, hamacs, selle complète, voiture (modèle), vases anciens et modernes, etc.

C'est, en un mot, une collection à peu près complète de tous les produits de cette partie de l'Amérique centrale, collection composée par une personne ayant longtemps parcouru les divers districts de la République de San Salvador.

BELLE COLLECTION

GÉOLOGIQUE, PALÉONTOLOGIQUE, CONCHYLIOLOGIQUE

Provenant des collections de feu M. de Boissy.

La Collection géologique réunit environ 200 roches déterminées pour la plupart, et représentent les types les plus intéressants des terrains d'où proviennent les collections de fossiles cités ci-dessous.

La Collection conchyliologique comprend presque tous les genres parmi lesquels figurent un certain nombre d'espèces déterminées pour la plupart.

Quelques genres parmi lesquels nous citerons : *Murex, Mitra, Conus, Cypræa, Ampullaria, Cancellaria, Cerithium, Malania, Paludina, Turritella, Neritina, Trochus, Helix, Bulimus, Lymnea, Planorbis, Clausilia, Unio, Arca,* se trouvent représentés par un nombre considérable d'espèces et d'exemplaires tous fort bien conservés.

La Collection paléontologique ne comprend presque uniquement que des fossiles des terrains secondaires et des terrains tertiaires représentant les différents étages contenus dans ces terrains; chaque étage contient une grande quantité de genres et d'espèces en grande partie déterminées ; les étages *oolithe, corallien, lias, falunien* et *parisien* y sont particulièrement représentés.

En outre de cette collection il se trouve encore une série de collections de genres intéressants parmi lesquels nous citerons : *Terebratula, rhynconella, belemnites, planorbis, ammonites,* etc., etc.

Toutes ces collections se trouvent rangées dans un certain nombre de meubles d'une bonne conservation :

4 meubles en chêne d'une bonne exécution comprenant chacun 20 tiroirs avec boutons; une serrure spéciale permet de fermer tous les tiroirs.

2 meubles en bois blanc avec tiroirs à boutons contenant chacun 15 tiroirs.

1 meuble en hêtre contenant 42 tiroirs à boutons.

Tous ces meubles sont en bon état de conservation.

COLLECTION DE COLÉOPTÈRES

DE M. E. POUGNET

Cette collection est tout entière contenue dans des cartons neufs de 39 centimètres sur 26 avec double gorge, elle est composée d'exemplaires frais et en bon état généralement ; les étiquettes sont très soigneusement écrites, la détermination exacte ; c'est en un mot une très bonne collection qui sera vendue par lots, comme il est indiqué ci-dessous ou par familles entières, au gré des amateurs.

1. **Cicindélides**. 37 espèces, 63 exemplaires ; Tetracha Latreillei, Cicind. aurulenta, desertorum, sexguttata, princeps, luctuosa, etc.

2. **Carabides** ; Omophron, Elaphrus, Nebria, 14 espèces, Leistus, etc. — 29 espèces, 52 exemplaires.
3. Carabus lampros, Milleri, robustus, Presloi, Bouvouloirii, Hemprichii, Dalmatinus, etc. — 71 espèces, 95 exemplaires.
4. Calosoma, 3 espèces, Cychrus, Odacantha, Galerita, Cymindis, Calophœna, etc. — 44 espèces, 71 exemplaires.
5. Demetrias, Dromius, Lebia, Aristus, Scarites, Panagœus, Chlœnius, Licinus, Broscus, etc. — 112 espèces, 167 exemplaires, parmi lesquelles des raretés comme les Panagœus tomentosus, festivus, etc.
6. Geopinus, Anysodactylus, Pangus, Ophonus, Harpalus, Acupalpus, Pœcilus, Feronia, Amara, etc. 167 espèces, 262 exemplaires.
7. Sphodrus, Pristonychus, Calathus, Anchomenus, Agonum, Bembidium, etc., etc., 159 espèces, 241 exemplaires.
8. **Dytiscides**, 146 espèces, 208 exemplaires.
9. **Dytiscides**, 60 espèces, 91 exemplaires. **Gyrinides**, 18 espèces, 30 exemplaires.
10. **Psélaphides**, Silphides, 100 espèces, 147 exemplaires.
11. **Trichoptérygides, Scaphidiides, Histérides**, 74 espèces, 132 exemplaires.
12. **Nitidulides**, 56 espèces, 92 exemplaires.
13. **Trogositides, Colydiides, Cucujides, Cryptophagides, Lathridiides, Dermestides, Géoryssides**, etc., 112 espèces, 176 exemplaires.
14. **Lucanides**, Passalus, 19 espèces, 35 exemplaires.
15. **Scarabéides**, Ateuchus, Canthon, Deltochilum, Onthophagus, Catharsius, Bubas, belles et grandes espèces exotiques, 86 espèces, 129 exemplaires.
16. Aphodius, Oniticellus, Geotrupes, Throx, Amphicoma, Hoplia, Serica, 115 espèces, 177 exemplaires.
17. Mololonthides, Homaloplia, Macrodactylus, Lepidiota, Rhizotrogus, Anisoplia, Anomala, Antichira, Pelidnota, etc., 104 espèces, 160 exemplaires.
18. Cétonides, 84 espèces, 120 exemplaires, parmi des belles espèces exotiques.
19. **Buprestides**, 97 espèces, 143 exemplaires avec quelques belles espèces exotiques, entre autres Conognatha equestris, belle suite de Colobogaster, Chrysochroa, Polibothris, Psiloptera, etc.
20. **Elatérides**, 90 espèces, 138 exemplaires.
21. **Cebrionides, Malacodermes, Clérides,** 142 espèces, 231 exemplaires.
22. **Ténébrionides**, 183 espèces, 265 exemplaires, grandes et belles espèces exotiques.
23. **Lagriides, Cantharides, Œdémérides**, 98 espèces, 161 exemplaires.
24. **Curculionides,** Cyphus, Otiorhynchus, Trachyphlæus, 134 espèces, 19 exemplaires.
25. 112 espèces, 179 exemplaires, Brachycerus, Listroderes, Cleonus, Larinus, Lixus, Hylobius, Niolites. etc.
26. 141 espèces, 238 exemplaires, Heilipus, Grypidus, Erirhinus, Dorytonius, Apion, Orchestes, Apoderus, Rhynchites, Balaninus.
27. Brenthides, 175 espèces, 295 exemplaires grandes et belles

espèces exotiques. Rhyncophorus, Archarias, Homano-
lotus, Solonopus, Gasterocercus, Cratosomus, Zygops, etc.

28. **Scolitides**, 37 espèces, 64 exemplaires.
    Antribides, 8 espèces, 17 exemplaires.
29. **Cérambycides,** 86 espèces, 145 exemplaires, Cyrtogna-
    tus, Prionus, Cerambyx, Eburnea, Leptura.
30. **Cérambycides,** Necydalis, Aromia, Rosalia, Clytus,
    Dorcadion, Lamia, Trachyderes, etc., 91 espèces, 144
    exemplaires.
31. **Tœniotes**, Batocera, Sternotomis, Achantoderes, Sa-
    perda, etc., 76 espèces, 116 exemplaires.
32. **Chrysomélides**, Donacia, Clythra, Cryptocephalus,
    Colaspis, Eumolpus, 166 espèces 279 exemplaires.
33. Chrysomela, Lina Doryphora, Timarcha, Crepidodera,
    etc., 153 espèces, 266 exemplaires.
34. **Chrysomélides**, 120 espèces, 205 exemplaires.
35. **Coccinellides,** Erotylides, 132 espèces, 224 exem-
    plaires,

SPLENDIDE COLLECTION

DE

COLÉOPTÈRES EUROPÉENS & EXOTIQUES

DE FEU M. HAUT-SAINTAMOUR

Cette collection, fruit de bien des années de recherches et
d'études, peut presque être considérée comme une collection
typique. Toutes les espèces sont d'une rigoureuse détermination, elles sont représenté en moyenne par 3 ou 4 exemplaires;
tout est en général en bon état de conservation. Les nombres
indiqués des espèces et des cartons composant cette collection
sont approximatifs, mais ils diffèrent très peu des quantités
exactes. Elle sera vendue par familles entières, ou par lots sé-
parés, au gré des amateurs.

CICINDÉLIDES, 330 espèces en 12 cartons (Belle suite
de Cicindela, Tetracha, Mantichora, Oxicheila, Odontocheila,
Tricondyla.

CARABIDES, 248 espèces en 100 cartons (grand nombre de
Nebria, Procerus syriacus, scabrosus, spretus, Carabus coarc-
tatus, interruptus, procerulus, Rothi, Lippii, regalis, aspera-
tus, Aumonti, Alyssidotus, Deyrollei, arrogans, olympiæ, pro-
diguus, Adonis, Coptolabrus Lafossei; Damaster blaptoides,
Fortunei; Haplothorax Burckelli; Pamborus alternans; Mor-
molyce phyllodes; Sylphomorpha; Anophthalmus; Teflus
Megerlei; Hyperion Schroetteri, etc., etc.

DYTISCIDES, 223 espèces en 12 cartons. Cette collection
comprend bon nombre de bonnes espèces bien typiques.

GYRINIDES, 28 espèces en 2 cartons.

Hydrophilides, 129 espèces en 10 cartons; presque tous
les genres sont représentés.

STAPHYLINIDES, 935 espèces en 49 cartons. C'est une
belle réunion des espèces de cette famille; les espèces rares ou

peu communes y sont nombreuses ; de plus, la détermination est très exacte, chose si difficile dans les coléoptères de cette famille.

SILPHIDES, HISTÉRIDES, 358 espèces en 20 cartons (belle suite d'espèces de ces familles ; bonne détermination).

PSÉLAPHIDES, SCYDMÉNIDES, 79 espèces en 5 cartons. Les espèces peu communes de ces familles y sont représentées, et souvent même en plusieurs exemplaires.

SCAPHIDIIDES, CUCUJIDES, DERMESTIDES, etc., jusqu'aux **PECTINICORNES, 547** espèces en 30 cartons. Collection fort intéressante des insectes de ces groupes ; nombreux exemplaires ; déterminations exactes.

PECTINICORNES, 54 espèces en 7 cartons. Cette collection comprend presque toutes les belles espèces de cette famille, et, le plus souvent, en parfait état de conservation, parmi les genres *Lamprima* et *Lucanus*.

LAMELLICORNES, 929 espèces en 64 cartons. Cette splendide collection contient les espèces les plus caractéristiques de la famille ; les grandes espèces, telles *Megalosoma elephas* ♀ et ♂, *Dynastes hercules*, *Goliathus cacicus*, *Druryi*, etc., y sont représentées. Presque toutes les espèces peu communes de cette famille, surtout parmi les Cétonides, y figurent. C'est, en un mot, une bonne collection.

BUPRESTIDES, 132 espèces en 49 cartons ; vu le nombre indiqué des espèces, peut-être même davantage, on peut voir l'importance de la collection, qui comprend la plupart des espèces intéressantes du groupe.

ÉLATÉRIDES, 252 espèces en 33 cartons (belle suite des espèces de cette famille, bon état, bonne détermination).

MALACODERMES, 563 espèces en 51 cartons. Presque tous les genres y sont représentés, et, parmi ceux-ci, d'assez rares espèces ou exemplaires ; nous citerons, au hasard, une femelle de *Cebrio gigas*, etc.

TÉNÉBRIONIDES, 815 espèces en 63 cartons. C'est une belle occasion que de trouver réunis dans cette collection les genres et espèces caractéristiques de cette grande famille ; les déterminations, si difficiles dans ces groupes, ont été faites avec le plus grand soin, et peuvent être considérées comme exactes.

CURCULIONIDES, 1917 espèces en 110 cartons. Splendide collection ; les espèces rares ou peu communes n'y manquent pas ; les espèces caractéristiques y sont représentées ; tout est en bon état et de bonne détermination.

CÉRAMBYCIDES, 434 espèces en 14 cartons. Les exemplaires composant cette collection ne sont pas tous en parfait état de conservation, mais l'ensemble constitue une excellente collection, qui comprend nombre d'espèces saillantes.

CHRYSOMÉLIDES, 395 espèces en 19 cartons ; collection bien nommée, en bon état, où presque tous les genres y sont représentés.

COCCINELLIDES, 375 espèces en 4 cartons (belle suite de Coccinelles et genres voisins).

---

2 MEUBLES en acajou, de 75 tiroirs chacun. Chaque meuble comprend 3 rangées de 25 tiroirs. Dimensions des meubles : hauteur, 2m45 ; largeur, 1m50.

Une collection de **PAPILLONS** européens et exotiques se trouve renfermée dans ces meubles ; les papillons sont en état passable.

---

25 Grands cadres vides, liégés, pour collections d'insectes, coléoptères ou autres.

20 Cartons (39 × 26) vides ou comprenant des insectes divers non classés.

Instruments et accessoires divers pour la chasse et la préparation des insectes.

BELLE COLLECTION

DE

COLÉOPTÈRES EUROPÉENS & EXOTIQUES

CICINDÉLIDES, 95 espèces et 152 exemplaires, et parmi nombre de bonnes espèces ; on citera seulement : Cicindela Galathea, Burmeisteri, dorsalis ; Caledonica Mnizechi, tuberculata ; Tetracha sobrina, geniculata ; Amblychilia cylindriformis ; Tricondyla Chevrolati, etc., etc.

CARABIDES, 946 espèces et 1652 exemplaires, et parmi les bonnes espèces : Procerus causasicus, planatus, gigas ; Procrustes Tirkii, Cerysei ; Carabus lucens, Lefevrei, Creutzeri, depressus, Adonis, Genei, Rossii, Adamsi, lineatus, Solieri, Lampros, Olympiæ, Rothi, excellens, numida, festivus ; Scarites procerus, polyphemus, etc., etc.

HYDROCANTHARES, 300 espèces et 818 exemplaires ; on peut signaler une belle paire de Dytiscus latissimus.

STAPHYLINIDES, 370 espèces et 578 exemplaires.

CLAVICORNES, depuis les Staphylinides jusqu'aux Lucanides, **597 espèces et 1309 exemplaires.** Cette collection comprend de belles suites et bon nombre d'espèces peu communes, on citera le Necrophorus corsicus, Leptoderus Hohenwarthi, etc.

PECTINICORNES, 71 espèces et 119 exemplaires ; on peut remarquer une bonne suite de Passalus et un très grand nombre d'espèces rares, parmi : Lamprima œnea, puncticornis ; Lucanus alces, lunifer ; Cladognathus occipitalis, lateralis, Lorquinii, Lucanus tetraodon, barbarossa, ibericus, Ceruchus tenebrioides ; Prosopocoïlus tragulus, Lafertei ; Cyclommatus metallifer, Odontolabis lama, etc.

LAMELLICORNES, 466 espèces et 879 exemplaires, on peut citer parmi les bonnes espèces : Geotrupes momus, Lethrus podolicus, Propomacrus bimucronatus ♂ ♀, Dynastes hercules, Goliathus cacicus, nesela ; Megalosoma elephas ; Cetonia trojana, speciosissima ; Gnorimus punctatus ; Rhizotrogus dispar, sinuatus, Lejeunei, Olcesii, Pachypus cœsus, cornutus, impressus, etc.

BUPRESTIDES, 189 espèces, 372 exemplaires, et parmi : Catoxantha opulenta, Cyphogastra callipiga, Julodis maculicornis, punctatocostatus, onopordi ; Sternocera interrupta ; Euchroma gigantea, Stigmodera variabilis, grandis, etc.

ÉLATÉRIDES, 238 espèces et 557 exemplaires ; on peut signaler un bel exemplaire de Pyrophorus noctilucus.

MALACODERMES, TÉRÉDILES, 100 espèces, 259 exemplaires, et parmi : Rhipiphorus paradoxus, bimaculatus, subdipterus, Cratomorphus splendidus, etc., etc.

HÉTÉROMÈRES, 608 espèces et 1495 exemplaires. C'est une fort belle collection d'hétéromères ; tous les groupes y sont largement représentés et parmi ceux-ci bon nombre de bonnes espèces.

LONGICORNES, 993 espèces, 1768 exemplaires, splendide collection comme nombre d'espèces d'abord, et ensuite comme composition, car elle contient une grande quantité d'espèces rares ou peu communes ; on citera seulement : Psalidognathus Friendii, modestus, Prionus laticollis, brevicornis, imbricornis ; Cyrthognathus forticatus, Cerambyx dux, Acanthinodera Cumingii, Purpuricenus Ledereri, Sympizocera Laurasi, Pyrodes bifasciatus, Enoplocerus armillatus, Macrodontia cervicornis, Titanus giganteus, Polyarthron barbarum, Rhesus serricollis, Dorcadion glycyrrhoe, politum, nitidum, alternatum, maculatum, abruptum, bysantinum, Batocera Hector, Ajax, etc., etc.

CHRYSOMÉLIDES et **COCCINELLIDES, 558 espèces et 1180 exemplaires** ; belle suite d'espèces.

LOT de diverses espèces de provenances différentes, **442 espèces et 1072 exemplaires.**

LIVRES D'HISTOIRE NATURELLE

1. Histoire de l'Académie royale des Sciences de 1666 à 1787, 95 vol. in-4°, reliés, plus 5 vol. tables des matières de 1666 à 1740, in-4°, relié, 4 vol. table générale de 1741 à 1780, in-4° rel.
2. Machines de l'Académie royale des Sciences. — 7 vol. de planches, de 1666 à 1754, in-4°, rel.
3. Collection académique, travaux des savants étrangers, 13 vol. in-4°, rel.
4. Comptes rendus de l'Académie des sciences de 1835 à 1869, 1er semestre, 68 vol. in-4° rel., de 1869 2e semestre à 1871 en livraisons ; 1878, 1er semestre sans table ; 2e semestre, fascicules 1 à 16 ; 1882, 1er semestre, fascicules 9, 15 à 26 et table ; 2e semestre, fascicules 6 à 26 et table, 1883 à 1887 inclus en livraisons.
5. Archivos do Museu National do Rio de Janeiro. — Tomes IV et V in-4°, br.
6. Joachin Barrande. — Défense des Colonies, 1 vol in-8 br. avec 1 carte.
7. Augusto de Carvalho. — O. Brazil, colonisacâo et emigraçao, 1 vol, in-8 br.
8. Nouvelle instruction pour les gardes des eaux et forêts, pêches et chasses, 1 vol. in-8, rel., Paris 1749.
9. Les voyageurs modernes, ou abrégé de plusieurs voyages faits en Europe, Asie et Afrique, 2 vol. in-8 rel., Paris 1760.
10. Alfred de Nore. — Les animaux raisonnent, 1 vol. in-8 br.
11. De Bassville. — Eléments de mythologie, avec l'analyse des poèmes d'Homère et de Virgile, 1 vol. in-8, rel. Genève 1784.
12. Charles Abborth. — Primitive industry ; or illustrations of the Handiwork in Stone, Bone and Clay of the Native Races of the Northern Atlantic Seaboard of America, 1 vol. in-8, br. avec 429 fig. intercalées dans le texte.
13. F. M. Daudin. — Traité élémentaire et complet d'Ornithologie ou histoire naturelle des oiseaux, 2 vol. in-4, cart. avec nombreuses planches coloriées. Paris, 1800.
14. Arthur Wiscount Walden. — List of the Birds known to inhabit the Island of Célèbes, 1 vol. in-4° br., avec pl. col.
15. Lud. Reichenbach. — Meropinae-Icones ad synopsin Avium hucusque rite cognitarum, 1 vol. in-4°, br.
16. Boucard. — Catalogus avium hucusque descriptorum, 1 vol. in-8, rel.
17. E. Mulsant, J. et E. Verreaux. — Essai d'une classification méthodique des Trochilidés ou oiseaux mouches, 1 vol. in-8, br.
18. Thomas Ryner Jones. — The Natural History of animal, 2e vol. in-8, rel. avec figures dans le texte.
19. Record of American Entomology, années 1868 à 1873, in-8 br.
20. Annual Report of the Board of Regents of the Smithsonian Institution for the Year 1881, 1 vol. in-8, rel.

21. Dr ROBERT BAUME. — Versuch einer Entwickelungsgeschichte des Gebisses, 1 vol. in-4, br. avec 97 figures intercalées dans le texte.

22. COMTE DE CASTELNAU. — Animaux nouveaux ou rares recueillis pendant l'expédition dans les parties centrales de l'Amérique du Sud, exécutée par ordre du gouvernement français pendant les années 1843-47 ; 1er vol. *Anatomie* par Gervais, *Mammifères* par Gervais, *Oiseaux* par O. des Murs ; 2e vol. *Poissons* par de Castelnau, *Reptiles* par Guichenot ; 3e vol. *Entomologie* par Lucas, *Myriapodes et Scorpions* par Gervais, *Mollusques* par Hupé, 3 vol. in-4°, cart. avec nombreuses planches coloriées.

23. L.-J. DUPERREY. — Voyage autour du monde exécuté par ordre du Roi sur la corvette « La Coquille » pendant les années 1822-1825. — Tome 2, 1re partie : Zoologie 1 vol. de texte : Reptiles et batraciens, poissons, mollusques, annélides et vers, 1 atlas : Poissons, pl. 1 à 4, 12, 17 à 19, 22, 35 '36 et 38. — Mollusques, pl. 1 à 6. — Zoophytes, pl. 1 à 6, 10 et 11,13. — Crustacés pl. 1 à 4.

24. BORY DE ST-VINCENT. — Expédition scientifique de Morée entreprise et publiée par ordre du gouvernement français. — Travaux de la section des sciences physiques. Tome III. 1r partie, 2e section : Animaux articulés, 1 vol. de texte in-4° et 1 vol. de pl. coloriées, rel.

25. FERRET ET GALINIER. — Voyage en Abyssinie, Zoologie, Entomologie, botanique, géologie, 3 vol. rel. et 1 atlas de pl. col.

26. L. P. MONTROUZIER. — Essai sur la faune de l'Ile de Woodlark ou Moiou, 1 vol. in-4° br.

27. F. CUVIER. — Suites à Buffon. De l'histoire naturelle des Cétacés. 1 vol. in-8 br. et 1 atlas de 28 pl. col.

28. ISIDORE GEOFFROY ST-HILAIRE. — Nouvelles suites à Buffon. — Essais de zoologie générale. 1 vol. in-8, br. — Les planches manquent.

29. H. DROUET. — Eléments de la faune açoréenne, 1 vol. in-4, br.

30. L. FAIRMAIRE. — Faune élémentaire des coléoptères de France, 1 vol. in-8, br., avec 6 pl. noires.

31. FR. ER. MELSHEIMER. — Catalogue of the described coleoptera of the United States, 1 vol. in-8 br.

32. H. DE SAUSSURE. — Prodromus Œdipodiorum insectorum ex ordine orthopterorum, 1 vol. in-4 br., avec 1 pl. n.

33. L'ABBÉ J. M. DELALANDE. — Hœdic et Houat. Histoire, mœurs, productions naturelles de ces deux îles du Morbihan, 1 vol. in-8 br.

34. EUGÈNE SIMON. — Aranéides nouveaux ou peu connus du Midi de l'Europe, 1 vol. in-8 br. avec 3 pl. noires.

35. OBERTHUR. — Etudes d'entomologie. Nouveaux lépidoptères de la Chine, 1 vol. in-4 br. avec 4 pl. coloriées.

36. DE SELYS LONGCHAMPS. — Odonates de l'Asie mineure, 1 vol. in-8 br.

37. DE SELYS LONGCHAMPS. — Monographie des Gomphines, 1 vol. in-8 br. avec 22 pl. noires.

38. EUCNÉMIDES. — Extrait des annales de la Société entomologique de France, cahiers 1, 2, 3 et 4.

39. PANZER. — 2,134 planches de coléoptères, 273 planches de lépidoptères, avec descriptions, in-12 en feuilles.

40. E. ALLARD. — Notes pour servir à la classification des coléoptères du genre Sitones, 1 vol. in-8 br.

41. E. ALLARD. — Révision des Hélopides vrais, 1 vol. in-8 broché.

41bis. L. FAIRMAIRE ET GERMAIN. — Révision des coléoptères du Chili. Extraits des annales de la Société entomologique de France, avec 2 pl. noire et coloriée.

42. HISTOIRE NATURELLE des insectes, planches 2 à 267, in-4 en feuilles (de l'Encyclopédie méthodique).

43. FRANCISCO FALDERMANN. — Additamata entomologica ad faunam rossicam, 1 vol. in-4 avec 10 pl. col.

44. Dr BOISDUVAL. — Considérations sur les lépidoptères envoyés du Guatemala à M. de l'Orza, 1 vol. in-8 br.

45. L. JURINE. — Nouvelle méthode de classer les hyménoptères et les diptères, 1 vol. in-4 rel. avec 14 pl. noires et col.

46. XAVIER WULFEN. — Descriptiones quorumdam Capensium Insectorum, 1 vol. gr. in-4 rel.

47. F. CHAPUIS. — Monographie des Platypides, 1 vol. in-8 br. avec pl. noires.

48. J. O. WESTWOOD. — On the Paussidae, a Family of Coleopterous insects, 1 vol. in-4 rel.

49. ELZÉAR ABEILLE DE PERRIN. — Essai monographique sur les Cisides européens et circum méditerranéens, 1 vol. in-8 br.

50. Dr F. KLUG. — Jahrbücher der Insektenkunde mit besonderer Rücksicht auf die Sammlung im konigl. Museum zu Berlin, 1 vol. in-8 rel. avec 2 pl. gravées.

51. LÉON FAIRMAIRE. — Essai sur les coléoptères de la Polynésie, 1 vol. in-8 rel. avec 1 pl. noire.

52. WESMAEL. — Monographie des Braconides de Belgique, 1 vol. in-4 br. avec 2 pl. noires.

53. E. ALLARD. — Essai monographique sur les Galérucites Anisopodes (Altisides) d'Europe et des bords de la Méditerranée, 1 vol. in-8 br.

54. JOACHIM BARRANDE. — Brachiopodes, études locales. Extraits du système silurien du centre de la Bohême, 1 vol. in-8 br. avec 7 pl.

55. CONSTANT PRÉVOST. — Documents pour l'histoire des terrains tertiaires, 1 vol. in-8 br.

56. HENRI DROUET. — Mollusques terrestres et fluviatiles du département du Gers, 1 vol. in-8 br. avec 1 pl.

57. Dr G. SERVAIN. — Malacologie des environs d'Ems et de la vallée de la Lahn, 1 vol. in-8 br.

58. DUPUY. — Essai sur les mollusques terrestres et fluviatiles du département du Gers, 1 vol. in-8 br avec 1 pl.

59. ARTHUR MORELLET. — Séries conchyliologiques comprenant l'énumération de mollusques terrestres et fluviatiles recueillis pendant le cours de différents voyages, ainsi que la description de plusieurs espèces nouvelles, 2e livraison avec pl. 4 à 6.

60. CHENU. — Transactions de la Société linnéenne de Londres. Partie conchyliologique, 1 vol. in-8 br. avec 43 pl.

61. PROF. JOSEPH LEIDY. — Report of the United States Geological Survey of the Territories, 1 vol. Fossil vertebrates, 1 vol. in-4 avec 37 pl.

62. Sander Rang. — Manuel de l'histoire naturelle des mollusques et de leurs coquilles, 1 vol. in-12 br.
63. Th. Jullien. — La rose, étude historique, physiologique, horticole et entomologique, 1 vol. in-8 br.
64. Comte de Tramecourt. — Législation des céréales, 1 vol. in-8 br.
65. S. C. Valny. — Etudes sur la dépopulation des campagnes et les moyens pratiques de la combattre, 1 vol. in-8 br.
66. Histoire naturelle générale et particulière, par Leclerc de Buffon. Théorie de la terre, t. 1 à 4. Histoire des minéraux, t. 5 à 16. Des animaux, t. 17. De l'homme, t. 19 à 21. Quadrupèdes, t. 22 à 34. Singes, t. 35 et 36. Oiseaux, t. 1 à 4, 6 à 28. Reptiles, t. 1 à 8. Poissons, t. 1 à 13. Mollusques, t. 1 à 6. Cétacés, 1 vol. Insectes, t. 1 à 7, 9 à 14. Plantes, t. 1 à 18. Le tout en vol. in-8 br.
67. Mémoires de la Société des sciences naturelles de Saône-et-Loire, in-4, tome 1er, 1er fasc., t. 2, 3, 4, t. 5, fasc. 1 à 3, t. 6, fasc. 1 et 3, t. 7, 1er fasc.
68. Bulletins de la Société des sciences naturelles de Saône-et-Loire. T. 1, t. 2. fasc. 1 à 3, t. 3, 1er fasc., t. 4, 1er fasc., in-4.
69. Bulletins et Mémoires de la Société des sciences naturelles de Saône-et-Loire. T. 1er, in-8, en livraisons.
70. Bulletin de la Société d'études scientifiques d'Angers. 11e, 12e 13e années, 2 vol. in-8, br.
71. Mémoires de la Société des sciences, de l'agriculture et des arts de Lille. Année 1811, in-8, br.
72. Mémoires de la Société académique de Maine-et-Loire. T. 35, in-8, br.
73. Mittheilungen der schweizerischen entomologischen Gesellschaft. T. 1, livraisons 1 à 10, t. 2, livraisons 1 à 10, t. 3, livraisons 1 à 4, 6 à 10, t. 7, livraisons 7 à 10.
74. Bulletin de la Société des amis des sciences naturelles de Rouen. Années 1884 et 1885. 2 vol. in-8, br.
75. Mémoires de la Société linnéenne de Normandie. Années 1865-69 et 1869-72. 2 vol. in-4, br.
76. Bulletins de la Société linnéenne de Normandie. Année 1869-70, in-8, br.
77. Annales de la Société entomologiques de Belgique. T. 7, 9, 11 à 15, 17, 18, 21, 22, broc., in-8.
78. Annales de la Société entomologique de France. Années 1839, 1840, 2e, 3e et 4e fasc. 1841, 1842, 1844, 1845, 1847 3e et 4e fasc., 1856, 1er et 2e fasc., 1857, 1858, 1er et 3e fasc., 1860, 4e fasc., 1862, 2e fasc., 1863, 1864, 1866, 1867, 1868, 1869, 1870, 1871, 1872, 2e, 3e et 4e fasc, 1873, 2e et 3e fasc., 1874, 1875, 1876, 2e, 3e et 4e fasc., 1877, 1er, 3e et 4e fasc., 1880, 3e fasc., 1882, 1er, 2e et 4e fasc., 1883, 1er et 4e fasc., 1884, 1er, 2e, 3e fasc., 1885, 3e fasc.
79. Annales de la Société botanique de Lyon. Notes et mémoires. Année 1883, in-8, br.
80. Bulletins de la Société des sciences naturelles de Neufchâtel. T. 13 et 14, in-8, br.
81. Berliner Entomologische Zeitschrift. Années 1858, rel., et 1864, br., in-8.
82. Annual Report on the Injurious and Beneficial Insects

of Massachusetts. Années 1871, 1872 et 1873 en livraisons in-8.

83. Reichenbach. — Handbuch der speciellen ornithologie, 1851. Les martins-pêcheurs, fasc. in-4, br., 44 pl. coloriées.

84. Deshaye, — Description de mollusques nouveaux envoyés de Chine par M. l'abbé David, in-4, br., 8 pl. noires et coloriées.

85. Cones monography of North American Rodentia. 1877. 1 vol. in-4, cart., 1091 pag. pl.

86. Philippi. — Notizia sopra una nova specie di iena, in-4, br., avec une pl.

87. Natural History of New-York. 1re partie. Zoology. Mammifères. par E. de Hay. 1842. 1 vol. in-4, cart., avec 33 pl. n.

88. Buxbaum. — Plantarum mimes cognitarum centuria. 1 vol. in-4, avec pl. St-Pétersbourg 1727.

89. Fauvel. — Faune gallo-rhénane. 1re partie br. Notices entomologiques, 4 fasc. Catalogue des Coléoptères recueillis à la Guyane, 4 fasc. Synopsis des espèces normandes du genre Micropeplus, br. Distribution géographique des Coléoptères carnassiers, br.

90. Temminck. — Esquisse zoologique sur la côte de Guinée. 1re partie. Mammifères, 1853, in-8, br.

91. Thuillier, — Flore des environs de Paris. 1 vol. in-4, cart., 550 pages.

92. Boisduval. — Index methodicus europœorum lepidopterum, in-8, br.

93. Panzer. — Coléoptères d'Europe, 19 cart. contenant environ 1,000 pl. col., in-12, en feuilles.

94. Bulletin de la Société entomologique suisse. 1er vol., 3 exempl., dont 1 rel. et 2 br. 2e vol., 2 exempl., 1 rel. et 1 br. 3e vol., 3 exempl., 1 rel., 2 br. 4e vol., fasc. 1 à 6, 2 exempl.

95. Bulletin de la Société entomologique italienne, vol. 1 à 12, in-8, en fasc. Manque : 1er vol., fasc. 1 et 3, 2e vol. fasc. 2 et 12e vol., fasc. 3 et 4.

96. Bulletin de la Société vaudoise des sciences naturelles, fasc. 33 à 40, 44 à 46, 52 à 59, 67 à 80, 84 à 87, 37 vol., in-8, br.

97. Annales de la Société entomologique de Belgique. T. 10, 1 exempl., t. 11, 3 exempl , t. 12, 3 exempl., t. 13, 6 exempl., t. 14, 4, exempl., t. 16, 2 exempl., t. 20, 1 exempl, in-8, br.

98. Voyage dans le Turkestan, par Fedtensko. Les papillons, in-4 br,, 6 pl. col.

99. Lesquereux. — Contributions to the fossil flora of Western territories, Cretaceous flora 1874, in-4°, cart. 30 pl. col.

100. Zoologica del Viaggio intorno al globo die Magenta. — Crustacés, Brachyures et Anomoures par Targioni Tozetti 1877, 1 vol. in-4°, 12 pl.

101. Annales de la Société entomologique de France, années 1857-1871 et fascicules 1 à 3 de 1872.

102. Berliner Entomologische Zeitschrifte, Herausgegeben von dem Entomologischen Vereine in Berlin, années 1857-58 reliées, 1859 à 1865 inclus en livraisons, le tout orné de figures gravées sur cuivre.

103. Bericht über die wissenschaftlichen Leistungen im Gebiete der Entomologie während des Jahres 1850, 1 vol. in-8 rel.
104. Bibliotheca Entomologica. — Die Litteratur uber das ganze Gebiet der Entomologie bis zum Jahre 1862, von Dr Hermann Aug. Hagen in Konigsberg, années 1862 et 1863, 2 vol. in-8 rel.
105. Bulletin de la Société entomologique de France, années 1857-58, 2 vol. in-8 br.
106. Bulletin de la Société d'histoire naturelle de Colmar, années 1863-64, 2 vol. in-8 br.
107. Bulletin de la Société impériale des naturalistes de Moscou, année 1837, in-8 br.
108. Catalogue des Coléoptères d'Alsace et des Vosges, par J. Wencker et G. Sibermann, 1 vol. in-8 br.
109. Catalogue des Coléoptères d'Europe et d'Algérie, par J. Gaubil, 1 vol. in-8 rel.
110. Catalogue des Coléoptères d'Europe et du bassin de la Méditerranée, par S. A. de Marseul.
111. Catalogue des Coléoptères, 2e édition, 1 vol. cart. in-12.
112. Catalogue des Coléoptères de France, par le Dr A. Grenier, 1 vol. in-8 br.
113. Catalogue systématique de tous les coléoptères décrits dans les annales de la Société entomologique de France, de 1832 à 1859, par Al. Strauch, 1 vol. in-8 br.
114. Encyclopédie d'histoire naturelle (Coléoptères) par Dr Chenu, 2 vol. in-4 rel.
115. Entomolgische Zeitung, Herausgegeben von dem Entomologischen Vereine zu Stettin, années 1853, 1855, 1856, 1857, 1858, in-8 rel. 1854 1 vol. br., ornés de planches gravées sur cuivre.
116. Essai monographique sur la famille des Throscides, par M. A. de Bonvouloir, 1 vol. in-8 cart.
117. Études entomologiques, onzième année, 1 vol. in-8 br.
118. — sur les Amara de la collection de M. le baron de Chaudoir, par J. Putzeys, 1 vol. in-8 br.
119. Europaeischen Formiciden von Dr G. L. Wayr, 1 vol. in-8 br.
120. Europaeischen Hemipteren von Franz Xaver Fieber, 2 vol br. in-8.
121. Faune entomologique française, par L. Fairmaire et le Dr Laboulbène, 1 vol. in-8 en livrais.
122. Faune gallo-rhénane ou species des insectes, par A. Fauvel, 1re liv.
123. Genera des Coléoptères de France, par Jacquelin Duval, 2 vol. in-4 rel. (tome 1er, texte et atlas).
124. Glanures entomologiques, par Jacquelin Duval, liv. 1 et 2.
125. Histoire naturelle des Coléoptères de France, par E. Mulsant, 3 vol. rel. 6 vol. br. in-8.
126. Kaferfauna für Nord Mitteldeutschland, tome 1, in-8 relié.
128. Lettres à Julie sur l'Entomologie, 2 vol. in-8 rel.
127. Magazin der Entomologie, années 1813, 1817, 1818, 1821, 4 vol. in-8 rel. avec gravures sur cuivre.

129. NATURGESCHICHTE der Insekten Deutschlands von Dr Erichson, tomes 1, 2, 3 rel., tome 4 en livraisons.
130. NOTES sur le genre Haemonia et spécialement sur l'espèce qu'on trouve dans les eaux de la Moselle, par Leprieur, 1 br. in-8.
131. OBSERVATIONS sur les mœurs de plusieurs espèces de Coléoptères qui vivent sur les plantes aquatiques et qui n'avaient été trouvées que très rarement dans le département de la Moselle, 1 br. in-8.
132. TABLEAU analytique de la flore parisienne, par A. Bautier, 8e édition, 1 vol. in-12 br.
133. WIENER entomologische Monatschrift, années 1859, 1860, 1861, année 1862, liv. de janvier à septembre inclus.
134. ZEITSCHRIFT für die Entomologie, par Ernest Friedr. Germar, 1 vol. br. in-12 (tome 1, 2e liv.).

A la fin de la vente, seront vendus en lots des livres d'histoire naturelle (avec et sans figures), comprenant des travaux fort importants que le temps n'a pas permis de cataloguer.

Alcan-Lévy, Imprimeur-breveté, 24, rue Chauchat, Paris.

RED. :

18

MIRE ISO N° 1
NF Z 43-007
AFNOR
Cedex 7 - 92080 PARIS-LA-DÉFENSE

graphicom

0 1 2 3 4 5 6 7 8 9 10

BIBLIOTHEQUE NATIONALE DE FRANCE

****

CHATEAU DE SABLE

1996